마녀와 함께 춤을

권태완 시화집

마녀와 함께 춤을

달아실기획시집
21

달아실

일러두기

1. 본문에서 하단의 〉는 '단락 공백 기호'로 다음 쪽에서 한 연이 새로 시작한다는 표시임.
2. 보조 용언과 합성 명사의 띄어쓰기 등 본문의 맞춤법은 시인의 의도에 따른 것임.

시인의 말

두더지 고개 내밀면 잽싸게 망치로 때리는 게임.
우리 세대 교육은 딱 그 식이었다.
고만고만한 생각의 상자에서 나온 시가 높이 뛰지 못했다.
뒤늦게 상자를 부수고 나왔다.
시에 불온과 반항을 섞었다.
시가 적어도 내게 웃음을 줬다.
칵테일 시와 그림 안주를 조심스레 내놓는다.

2022년 8월

권태완

<Out of Memories>, 41㎝×32㎝, achrylic on Canvas, 2015

<Out of Memories>, 41㎝×32㎝, achrylic on Canvas, 2022

<Out of Memories>, 53㎝×45.5㎝, achrylic on Canvas, 1990

<Out of Memories>, 53㎝×45.5㎝, achrylic on Canvas, 2015

<Out of Memories>, 53㎝×45.5㎝, achrylic on Canvas, 2015

<Out of Memories>, 53㎝×45.5㎝, achrylic on Canvas, 2015

<Out of Memories>, 53㎝×45.5㎝, achrylic on Canvas, 2017

<Out of Memories>, 53㎝×45.5㎝, achrylic on Canvas, 2020

<Out of Memories>, 65㎝×53㎝, achrylic on Canvas, 2015

<Out of Memories>, 65㎝×53㎝, achrylic on Canvas, 2015

<Out of Memories>, 72.7㎝×60.6㎝, achrylic on Canvas, 2017

<Out of Memories>, 72.7㎝×60.6㎝, achrylic on Canvas, 2016

<Out of Memories>, 72.7㎝×60.5㎝, achrylic on Canvas, 2015

<Out of Memories>, 72.7㎝×60.5㎝, achrylic on Canvas, 2016

<Out of Memories>, 90㎝×72㎝, achrylic on Canvas, 2001

차례

마녀와 함께 춤을

2부. 마녀와 함께 춤을

3부. 애인이 생겼다

4부. 네게 가는 길

5부. 등 밑으로 시냇물이 흘렀다

6부. 그 남자의 방

7부. 스미다

1부

낭창낭창

와트

거실 등은 140와트, 침실 등은 90와트
오디오는 가장 순해 30와트
음악은 종일 켜도 괜찮네

내 눈 귀 코는 몇 와트일까?
널 그리는 가슴 켜면 와트가 급상승할 거야
팔 다리 어디에 계기판이 있을까?
스위치란 스위치
한순간도 끄고 싶지 않다

내 몸의 발전소 그런데 누가 켜지?

자화상

기억에 없는 아버지를 우뚝한 거인으로 그리워했다
홀어머니 애비 없는 딸들과 죄인으로 살았다
노래도 웃음도 없는 집은 해도 비껴가는 감방
수인의 혼에 새들의 노래만 스몄다

간수가 조는 사이 탈옥했다
발랄하고 현란한 세상 당황스러웠다
친구 손에 이끌려 카바레에서 춤추던 날
내 안에 잠자던 춤꾼을 발견했다
탈옥수의 어림없는 꿈
백스텝으로 대뜸 날아갔다
제비들은 번번이 빈 깍지로 유혹하고
제일 먼저 사기꾼의 과녁이 되었다
눈치 없어 센 놈에게 덤볐고
세상에서 입은 상처만 깊었다
공중 새들의 노래나 번안하리라
다시 감옥에 스스로를 가두었다
쓰인 적 없는 단어 벽에 써 붙이고
새들에게 부칠 시어 꿨다 뺐다 반복한다
어느새 내가 거인이 되었다

낭창낭창

공지천 옆 노류장화 두 그루, 비단 치마 펼쳐놓고 아침부터 기다린다 손님들 찾기를. 나무 밑엔 너럭바위 둘러놓고 어서 와 어서 와. 내 가지 비틀어 호들기 피리 불어줄게. 외로운 몸 쓰다듬고 부채질해줄게.

드디어 한 무리 사내들 시끌벅적 다가온다. 형광색 조끼들, 손에는 검은 봉지 하나씩. 어찌 알고 날 찾았나? 같이 놀기 틀렸지만 낭창낭창 호소한다. 날 따가요. 날 따가요. 내 잎이 젊음을 선사하리다!

콩국수

삶은 콩을 으깬다. 제일 먼저 껍질을 조리질한다. 탱탱한 콩, 블렌더에 처박혀 거대한 힘에 회오리친다.

물이 끓자 냄비 속 태풍이 인다. 면발들 소용돌이치며 중심으로 투신한다. 정확한 피보나치수열, 냄비에 실국화 한 송이 탐스럽다.

내 무게와 걸음 빠르기, 너를 향한 온도로 나를 빚는다. 알 수 없는 힘에 끌려 중심으로 소용돌이친다. 요 모양 요 꼴도 황금비율 꽃 피우러 가는 길일까?

도란도란

시냇물 흐르는 소리였던가? 고샅길 그 애와 나눈 목소리였던가?

앞선 자동차 뒷유리에 스티커. 도란도란 글자를 몇 번이나 읽는다. 도란도란 살아난 글자, 리듬감이 번진다. 도란도란 스티커 주인에게 인사하고 싶다.

도란도란댔던 게 언제였던가? 화롯불 둘러앉아 언니와 도란도란. 옥이와 도란도란 별별 이야기. 도란도란 읊조리니 마음속 시내에 미나리 돋는다. 온통 시퍼렇다.

검은 수국

너는 어둔 물의 자식. 빛과 물을 빚어야 꽃빛 고운데, 볕 들지 않는 창가, 보랏빛 얼굴 어두워진다. 종일 구름에게 물어봐도 네게만 야박한 햇빛 알 수 없다. 바람이 흩뜨리는 리듬에 몰입하지만 무너지는 시간의 모래만 쓸릴 뿐. 자고 나면 검버섯 짙어진다. 외로움이 엉겨 어제는 수액이 돌지 않았다. 꽃송이 기절해 모가지 떨구었다. 검은 얼굴 들지 못해 신음만 한다.

날 위해 기도한다. 수국이 수국인 동안 지게 하소서.

검은 용수철

졸업반이다. 그 동안 익힌 것 별 것 아니다. 잊히려면 잊히라지. 바람처럼 산다. 간지럼 타는 나뭇잎과 깔깔대고 산다. 어제는 구름 위 빈둥빈둥 놀다가 얼핏 네 뒷모습 쫓아 뛰어내렸다. 네가 아니어 열적은 여우비로 내렸다. 가슴에 붉은 봉숭아 꽃물 들다 말았다. 네 얼굴 빗방울에 실려 보낸다. 흘러가는 것, 사라지는 것들이 사월의 달처럼 편하다. 그날, 고요한 노을로 떨어질 수 있으리라.

의사의 진단 한마디. 아직은 괜찮으십니다. 목숨의 검은 용수철 튄다.

무릎 시린 날

한 번 빠진 썰물 돌아오지 않는다
해풍이 기억을 쓸어가고
나는 비릿한 멸치로 말라간다
파도 소리에 귀 막고
지친 등뼈 앙상히 굽어가도 좋으리
어쩌다 꿈결에
뛰는 가슴에도 지느러미 꼼짝없다
한 올 그리움 없이
졸가리 불쏘시개처럼 말랐다
슬퍼 마라
나 죽어 몸 풀리니
조반상 배추국 구수한 국물로
네게 가련다

부력

삶이 사막일 때
문득 문득 보고 싶다
저 모래 벌판 건너간 사람들

반향 없는 그리움
선인장 가시 돋쳐 외톨이다
텅 빈 모래 바다 끝없는 물결이다

깊은 물이 배를 띄운다던가
화수분인 허무
깊고 깊은 바다이거라
또 하루 막강한 부력으로 힘차게 날 띄워다오!

적멸보궁

판돈 한 푼 없었네
기울어진 노름판
어깨 너머 눈썰미로 규칙 익혔네
욕심은 금물
얼음배도 타고 불장난도 했지만
그만둘 때 알았네
끗발은 없었어도 중산간에 탈없이 살았네
결산할 것 없고 빚진 것 없네

판돈 한 푼 없었네
어느덧 이 겨울 눈길에 나섰네
마을에 개 짖는 소리 갈 길은 머네

저 높이 적멸보궁 손에 잡힐 듯하네

하루를 사르다

척질 일 한 적 없건만
세상은 적의 땅
살갗 밖은 온통 위험 지역
기온은 언제나 너무 높거나 낮지
제멋대로 방향을 바꾸는 신산한 바람에
길가에 돌부리 호시탐탐 날 노리고
잘난 사랑은 몇 번이나 삐쳐 돌아섰던가
이 동네 저 동네 땡볕 속을
평생을 뛰어다녀 밥을 벌었다
어느덧 얼굴엔 검버섯 가득
가슴엔 마른 갈대만 서걱대
밤마다 허무와 드잡이한다

위해 살 명분 없는 날이 또 밝는데
사그라드는 시간의 재
침상 위 우수수 비듬 진다
남은 불씨 모아
가까스로 또 하루 사른다

초미니 역사

더럽혀진 적 없는 하늘과 뭉게구름, 행복하기 충분했다. 감자꽃은 따줄수록 잘 안는다고 엄마는 말리지 않으셨다. 팔뚝만큼 굵은 팟대 꺾어 대궁 위 붕붕대는 벌 잡았다. 얼굴 뽀얀 서울 학생, 귀성하면 동네 애들이 졸졸 따랐다. 사랑은 소설 속 주인공에게나 있는 줄 알았던, 대학생 내게 첫 남자의 고백에 갑자기 사물들이 반짝였다. 한 번 언약은 혀 깨물고라도 지키는 줄로만, 무너진 행복의 기대에도 저버리지 않았다. 혼인은 시험 없는 통과의례, 평생 걸린 성인식은 소태맛이었다. 얼기설기 거미줄에 간힌 구렁텅이, 악어가 입 벌리고 위협했다. 새끼들만은 살을 베어라도 먹여 키웠다. 어미 된 영광은 헛그림자, 새끼 앞에선 만년 빚쟁이였다. 미운 정 열 섬 고운 정 한 말, 그 남자 먼저 가버리니 닭 쫓던 개처럼 하늘만 쳐다봤다. 열 번 다시 살아도 못 고쳐 살, 내 못난 품새만 자탄한다. 하루 분의 양식과 하루 분의 건강, 곡간 속 쥐처럼 불안하다. 객지에 나간 손주들 소식 괜한 기다림, 오늘도 열적은 황혼으로 탄다.

2부

마녀와 함께 춤을

죽은 병아리가

요즘 와 손톱 밑 가시랭이처럼 죽은 병아리가 밤마다 날 찾아와 괴롭힌다. 어릴 적, 며칠배기 병아리를 쫓아다녔다. 장난감 삼아 갖고 놀려고. 저런, 내 발길에 밟혀 죽었다. 내장이 터져 널브러졌다. 어머니 대수롭지 않은 반응, 죄책감도 쓱 날아갔다. 병아리 혼, 어디를 떠돌다 이제 날 찾나? 개나리 꽃잎만 한 혼이 잠든 내 뺨을 쫀다. 간지럽기도 따끔거리기도. 너 때문에 죽었다고, 살려내 살려내, 떼를 쓴다.

병아리 꿈 이후, 뒷목이 자주 서늘하다. 몸살기 들락날락. 노란 은행잎만 한 원혼을 위해 굿이라도 한 판 벌일까 보다.

몽달귀신과 동거한다

고양이도 강아지도 귀찮아
적막강산으로 사는데
빛도 소리도 질색하는
몽달귀신이 내 침대 밑에 숨어 산다
처녀귀신 짝 채워줄 수 없으니
제발 나가라고 화를 내도
막무가내 인심 한 번 쓰란다
얻는 게 없잖아 버럭 지른 역정에
악몽을 지키겠다 자청한다
꽤 괜찮은 공생이 시작되었다

완장 차고 꿈나라를 휘젓는 놈의 특권
즐거이 악몽을 쫓는 척하더니
잠들어 무력해진 나를 놀려먹기 시작한다
물난리 불난리 코브라에 강도에
전장의 따발총까지
방법도 무대도 다채롭다
몽달이 이 녀석 목 졸라 죽이고 싶지만
허나 수십 년째 내 골수를 파먹고 사는 놈
꼼짝없이 살점을 떼 주며 산다

토닥이다

내 늑골 밑에 마녀가 산다

못된 년 발목을 매어놔도
뇌우가 번쩍이는 밤이면
어느새 빠져나가 악마들과 작당한다

행인을 빗물에 메치고
부잣집 창문들을 깨부순다
BMW 안에 뱀을 집어넣고
변전기를 건드려 동네를 까맣게 지운다

골칫덩이, 외진 화전민으로 숨으리라 작심하다가도
안 되지 큰불 낼 년
근심 끝에 불러내 토닥인다
괜찮아 잘했어
우리도 빛 볼 날 있어 내 새끼!

마녀와 함께 춤을

감쪽같이 세상을 속였지. 하긴 나도 내게 속았어. 착한 딸, 착한 딸, 큰 마녀의 주문에 걸렸지. 날 배반한 녀석들, 그때마다 석 달은 신열을 앓았는데, 바보야, 복수는 달콤해, 불쑥 내 늑골 속 마녀가 속삭였지. 황당한 내게 한 아름 독초를 내미는 손이 섹시했어. 냄비에 넣고 끓이라고, 술에 타 먹이라고! 깨달음이 뇌에 번개쳤어. 그 후 밤마다 동네에 변사체 하나 실려 나갔어. 뉴스는 해괴하지만 누구 소행인지 아무도 모른다네. 이후 독초가 밀거래되고 동네 마녀들 연대가 암약 중이지. 이제는 밤마다 마녀들 모여 춤판 벌이지. 낮이면 멀쩡한 얼굴로 세상을 속이지만!

마녀 연대

마녀 연대에 가입했다. 팔목의 동맥을 끊어 선서했다. 피의 글라스 높이 들고 축하연을 벌였다. 마녀들의 화려한 대화, 어깨가 우쭐우쭐. 어젯밤엔 탈세자들 금고를 털었다네. 150억 7천만 원 빼앗고, 강변 으리으리한 집에 불질러, 78채 완전 연소, 오늘 밤엔 성폭행 수놈들 손봐주기, 페인트 통째로 뒤집어씌우기, 가슴에 식도로 금 긋기, 혼줄낼 방법이 성에 안 차, 번쩍 손들었다. 빨간 매니큐어 긴 손톱으로 놈들의 눈깔 확 빼버려요. 거기다 무고죄 덮어씌운 놈들 뎅겅 목을 베어요. 와와 만장일치. 나는야 천재 마녀!

살맛나는 마녀의 연대, 밤마다 달빛 아래 칼을 간다!

공동 소유

새로 이사한 아파트, 밤마다 문 두드리는 소리가 요란하다. 누가 왔나? 현관문 열어도 아무도 없다. 돌아서는데, 거실 바닥이 핑그르르 기울었다. 까무러쳤다가 깨어나니 조명등이 껌벅껌벅, 음험한 눈 부라린다. 벽시계는 거꾸로 가고, 멋대로 켜진 TV 속에선 피 흘리는 귀신들의 파티 소리. 어라, 배경엔 비계가 치워지지 않은 내 아파트. 여기 저기 벽면엔 핏자국 낭자하고, 머리 깨진 남자들 현관문 발길질한다. 문 열어, 내 집이야, 내가 지은 집이라구!

엘리베이터에서 만나는 주민들, 날로 핼쑥해진다. 문단속 잘하세요. 아무에게나 문 열어주지 마세요. 관리실 방송이 번질나다. 39층 여자가 이유 없이 떨어져 죽었다는 뉴스가 나왔다.

마법이 풀리면

대각선으로 몸이 쩍 갈라져 신음한다. 깨진 액자의 아픔. 차라리 숨 끊어주는 게 친절이리라. 망치로 살살, 부드러운 죽음은 없다. 눈 질끈, 심호흡하고 독기 모아 꽝! 뇌수가 번쩍이며 바닥에 흩어진다. 투명한 사각의 마법 풀리고 유리의 음흉한 정체, 세상을 향해 방사형 포진으로 위협한다.

오시시 소름 돋는다. 가슴속 꾸역꾸역 눌렀던 포한, 잠금장치 풀리면
저리 살기 띤 미움일까?

서랍에 그가 놀러온다

반세기 나이 먹은 마호가니 책상, 육중한 몸은 여기저기 긁히고 패였다. 깊은 흉터는 어떤 분노의 기록인가? 패장같이 말을 잊었다. 입 꾹 다문 네 개의 서랍, 언제 적 집 문서에 인주와 도장, 생전의 무거웠던 어깨를 증언한다. 낡은 손목시계와 선글라스, 놓쳐버린 예매 차표처럼 허전하다. 읽고 쓰기가 오락이었던 사람, 저 세상서도 쓰다 만 논문 조바심할 테다. 책상을 상속받은 여자의 불문율은 서랍을 건드리지 않는다는 것, 낡은 책상 버리라는 애들과 여자는 싸운다. 밤마다 찾아와 노는 그의 집, 서랍을 건드리지 말라고.

두 눈을 훔칠 테야

날 보는 눈길 떨구는 법 없는 마초, 내 취향과 먼 건들거림, 그 남자의 인질이 된 건 첫눈 오던 날. 눈밭을 배경으로 사뿐히 다가오는 스라소니, 연극의 한 장면 같았지. 그의 손엔 느닷없이 짙은 에스프레소 한 잔, 커피 마니아 나는 헐값에 영혼을 팔았던 걸까? 첫눈의 마력이었나? 10년을 두고 보았어도 마뜩잖던 그 남자, 두 눈만은 고양잇과 동물처럼 깊었네. 그의 키스 한 방에 무너져버렸네. 빙판길 사랑의 시작이었지. 희한해라 세월이 지났어도 그 남자 두 눈만은 신비한 동굴이네. 내 생의 비밀을 몽땅 빼앗아 가진.

길들일 수 없는 스라소니 그 남자, 두 눈의 함정, 애무의 순간에도 송곳니와 발톱 위험하다오. 호박색 두 눈 훔쳐 떠날 테야! 주머니 속 굴리며 갖고 놀 테야!

3부

애인이 생겼다

블랙드래곤피시*

키는 40센티미터, 피부는 흑단색, 하늘을 누비는 드래곤도 기겁할 송곳니, 그 이름 도도한 블랙 드래곤 피시, 깊은 바다 여왕이라네. 수천 미터 수압을 지긋이 즐기며, 한두 번 꼬리만 놀려도 수컷들이 사족을 못 쓴다네. 놈들한테 공들일 필요 하나 없지. 놀다 자다 슬슬 시장해지면, 양 옆구리 레이저 쏘네. 먹이들 홀려 꼼짝하지 못 하면 꿀꺽. 간택받은 내 서방, 키는 5센티미터. 옆에 빌붙어 새근새근. 어느 안전이라고, 이견은 애초 없네. 자네는 씨만 주고 가시게! 고분고분 짝사랑 짝짓기로 증명하고, 황공한 꼬마 신랑 소멸한다네.

아깝다. 진작 양 옆구리 레이저 장착할 걸!

* 심해어. 암놈은 40센티미터, 수놈은 3~8센티미터. 내장이 없어 먹지도 않고 살다가 부화만 시키고 바로 죽는다.

세렝게티 사자들

허구한 날 나무 밑 음풍농월, 사내란 것이 돈 한 번 벌어온 적 없다. 어쩌랴, 험한 세상, 기둥서방은 필요악이다. 한 번은 목숨 걸고 물소 등을 탔는데, 옆에서 멀뚱멀뚱 구경만 했다. 굶기를 밥 먹듯 한다. 어제는 남의 집 일 끝내고 돌아오니, 남정네들 들이닥쳐 술상 차려내라네. 새끼 먹일 얼룩말 넓적다리 가로채는 몰염치들. 콱 물어 너 죽고 나 죽고 싶은데. 미움도 힘이 된다.

밤이면 수놈의 수작, 애들 더 커야지. 어제는 차갑게 밀쳤지. 돈 벌러 갔다 오니 새끼들 간 데 없네. 제 씨가 아니라고. 덤불 숲, 뻣뻣이 굳어버린 새끼 하나. 우르릉 쾅쾅 비가 양동이로 퍼붓는다. 모래밭 분명한 새끼들 발자국, 홍수가 악어처럼 덮친다.

선거철 유세 차량, 싸가지 사자들이 짖어댄다.
세렝게티* 초원 질푸른 삶은 계속된다.

* 케냐의 국립공원.

발효

김치를 썬다
쑹덩쑹덩 거침없이
여자는 제 생을 썬다

여자가? 여자가!
당초 남자의 말이
가슴에 팍팍 소금을 쳤다
처절하게 전 가슴
고춧가루 파 마늘 독한 맛
숨길 끊는 멸치젓 새우젓
원망과 미움도 고루 버무려
치마 폭 갈피갈피 싸안고
차라리 뒤란 땅속에 묻히리라

태양의 궤도 반 바퀴 돌았을 즈음
30조 개 유산균 소요도 끝났다
부글부글 끓던 가슴 익을 대로 익어
맛깔스런 여자가 완성되었다
〉

김치를 썬다
평생 일방통행 남자를 위해
제 살도 몇 점 보태 김치찌개 끓인다
이제 여자에겐 미움도 사랑이다

베르사유의 장미

단두대를 오른다. 권세도 하루아침 낙엽이다. 하루 사이 백발이 되다니! 저 야만의 함성. 프랑스의 자존 앙투아네트가 이렇게 사라지다니! 사치스런 악녀, 오스트리아 스파이, 별별 오명에 그녀 늑골이 으스러진다. 프랑스의 새 역사는 내 피가 필요하구나! 기꺼이 뿌려주마. 너희들 뭐라 해도 나는 베르사유의 장미, 단두대 칼도 내 우아한 미소 벨 수 없다. 위엄을 잃지 말자. 나는 두 나라의 표상, 두 나라의 영광이었다. 죽자 당당하게. 뎅그렁 모가지 떨어져도 장미는 향기로 남는 법!

내 안에 앙투아네트 꼿꼿하네. 망상을 먹고 컸어도 자존과 위엄 오뚝하네. 어떤 파국에도 끄떡하지 않겠네. 내 안에 앙투아네트, 가시 돋친 장미로 오뚝하겠네.

시치미 떼다

멀쩡하던 하늘 시꺼메진다. 미친바람 닥친다. 널 기다렸다 태풍아. 내 마음 읽는 건 너뿐. 네 광포한 걸음에 가슴 뛴다. 날개 잃고 평생 갇힌 수인, 멋모른 서약의 쇠창살은 공고했다. 날 위해 이 벽을 부숴다오. 퍼부어라 빗줄기. 뇌성벽력에 내 고함 싣는다. 기왕에 씌워진 악명, 내 이름은 루사였던가, 매미였던가? 알몸으로 뛰쳐나간다. 나는 파괴의 여신. 지붕 날리고 가로수 부러뜨린다. 가슴이 뻥 뚫린다.

이튿날 아침 간질 환자처럼 일어난다. 언제 발작을? 폭풍 사라지고 시치미 떼는 하늘. 내 해맑은 사연 아무도 모른다.

범선을 탈까

경포대 해변 쿵 떨어진다

아라비안나이트 속
청동 항아리 속 정령 해방되듯
인생의 필름 거꾸로 돌린다
실족한 삶 맘껏 되돌린다

잔잔한 파도 끼룩대는 갈매기
눈부신 구름에 사뿐 올라탄다
나는야 가슴 터지는 열아홉 아가씨
긴 머리채 휘날리며 범선을 탈까
이역의 항구 도시 멋진 남자 유혹할까
사시사철 춤추고 노래하며 살까
술술 들어오는 돈, 휘파람 불며 뿌려줄까
남자들 내 발에 앞다퉈 입맞출 테지
인생은 아름다워
겨드랑이에 날개 돋는다

네 남자가 도둑이 아니더냐

진작에 떠나야 했다. 목소리 빼앗긴 인어로 풀죽어 살았다. 솥단지 박차고 나를 찾아 겨울 들판에 서야 했다. 어미됨의 죄, 속 파먹힌 거미였건만 자식들 껴안고 행복을 연출했다. 변절자라는 낙인 겁내지 말아야 했다.

너무 늦게 들었다. 국왕의 마차에 뛰어들어 목숨과 목소리 맞바꿨다는 여자. 목줄 뜨거운 이야기*. 사랑이라는 올가미로 한생을 값싸게 낚아챈 네 남자가 도둑이 아니더냐? 여자들아, 피켓 들고 깃발 들고 우리도 사람임을, 뜨거운 꿈이 있음을 외치자. 썩은 시궁창에 목련꽃 처박는 족속들을 향하여!

* 영국의 에밀리 데이비슨. 여자의 투표권 투쟁을 위해 국왕의 마차에 뛰어들었다.

눈썹 칼

초승달 눈썹, 솜사탕 얼굴, 미소가 아름다웠다. 처녀 적엔.

여자의 눈썹이 날로 곤두섰다. 날로 검었다. 남자를 향한 원성에, 말 안 듣는 새끼들에, 찡그린 미간에 주름이 계곡을 이루었다. 목소린 천둥소리, 기세는 높새바람. 여자는 바뀐 자기를 몰라본다. 둥지를 지키려 무너지지 않으려, 두 다리는 단단한 요새, 여자는 장수보다 강했다. 4월의 달 같던 얼굴 어디 가고, 여자의 눈에 잉걸불 탄다. 부르르 떠는 눈썹 칼, 달밤이면 칼 우는 소리, 여자는 잃은 자기를 글썽인다.

애인이 생겼다

새로 이사한 썰렁한 아파트, 은근히 바랐더니 애인이 생겼다. 보호자 자처하며 스물네 시간 거실로 안방으로 쫓아다닌다. 기상 시간 체크하고, 푸시시한 머리카락 예뻐라 쳐다본다. 친절이 넘치는 애인, 바지 입나 치마 입나 일일이 참견하고 식사시간 빠짐없이 감독한다. 곧 그의 품이 좋아지리라. 구부정 창밖 내다보는 모습만 보지 말고, 가슴속 그리움의 색깔까지 꿰뚫어 보기를! TV 켜놓고 꾸벅꾸벅 민망한 모습, 한심한 개꿈일랑 못 본 척하기를!

애들이 짝지어준 폐쇄회로 카메라, 내 간수 정들어 밖에도 못 나가겠네!

지옥에서 보낸 하루

알람이 혼자 울게 됐다. 한 시간을 더 잤어도 몸이 천근이다. 황사로 앞산이 지워진 아침, 입맛 없어 아침을 거른다. 커피를 마셔도 자꾸 오는 잠을 쥐어박고 드름산 진달래나 보러 나선다. 오는 봄을 용케 알고 화단 바위틈에 잠자던 노래기가 새까맣게 내 가슴팍으로 오른다. 기겁해 떨쳐내도 숫자가 늘어나는 놈들, 산책을 이내 포기한다. 점심 약속에 맞춰 바쁘게 나갔는데 20분이 지나도 아무도 나타나지 않는다. 아차 화요일이지! 치매인가? 한참을 황당하다 풀죽어 돌아온다. TV에선 어미에게 살해된 돌배기 딸의 귀여운 생전 모습, 신발공장의 화재로 하늘을 뒤덮은 시꺼먼 연기. 현관의 벨 소리 반가워 문을 여니 깔끔한 정장의 중년 신사, 우유 바구니를 내민다. 좋은 우유 신청해달라고 목을 맨다. 그의 공손한 생떼도 내 야박한 거절도 여운이 씁쓸하다. 냉장고에서 게장을 꺼내다 젠장, 병째 깨뜨렸다. 내 영혼까지 냄새로 칠갑된다. 석쇠 위 은빛 나는 긴 생선을 굽는데, 그 이름 도무지 도무지 생각나지 않는다. 주저앉아 울고만 싶은 날, 봄꽃은 부질없이 왜 폈담! 오늘 하루가 불가마다.

내일은 상추 씨, 쑥갓 씨나 뿌려야겠다.

슬픔을 끓이다

늦은 밤 혼자 라면을 먹는다

너를 보내고 주저앉는 마음
터벅터벅 돌아와 물을 올린다
원죄련가 날름거리는 허기
기세 좋게 울분이 들끓을 때
서러운 면발 서리서리 풀어진다

시큼한 김치는 안 계신 어머니의 응원
사흘 묵은 밥 한 덩이 넣어
모든 우울과 슬픔을 내쫓는다

늦은 밤 혼자 라면을 먹는다

일급비밀

아홉 개나 숨기고 있다오
남편도 눈치 못 챈다오
선량한 얼굴로 화장했다오
남자를 종신 서원시켰고
친구들도 내가 좋다 한다오
비결은 단순하오
쉿! 알맹이가 아니라 이미지!
말씨는 신데렐라 미소는 모나리자
거기다 문자 몇 개 섞어 아는 척 척 척하면
설마 감췄다고 의심하지 않는다오

꼬리가 많아 들킨 날
누구는 등 돌리고 누구는 앓아누웠다오
열 번 죽어도 사람은 되지 못해
달 보고 밤마다 운다오
구미호 나는 내가 가장 밉다오

세상이여 나 죽거든
부디 관을 열지 마시오
아홉 꼬리 보아 뭐하겠소!

괴물

센 동물은 등장하는 법이 없다
호랑이나 사자는 그림자도 없고
언제나 적수는 닭이나 고양이
내 본성이 치사한가 보다
나를 위협하는 여린 놈들과의 싸움
맨손 맨 손가락
목 조르고 눈알을 빼고 아가리를 찢어
놈들을 기어코 죽여야 산다는데
광적인 테러
깨어 섬찟하다

살아남는다는 것은
내 안에 잔인한 괴물을 키우는 것일까
우아한 척 연기하는
하루가 서글프다
온 생이 어둡다

4부

네게 가는 길

꽃 지는 봄밤

열나흘 달이 밝다
달빛이 바닷가를 물들인다
파도는 얕은 잠에 들었는데
까딱까딱 누구를 기다리는 듯
모래밭에 갈매기 한 마리 외롭다
저 갈매긴 너인가? 나인가?
엷은 휘장에 기대 너를 그린다

바다와 달도 끌고 당겨
달이 차고 이운다지
당길 수도 밀 수도 없어
생각 속에 서로 들러붙은
우리는 무엇으로 차고 이울까?

너 언제 오려나 수심 깊은데
하르르 하르르 벚꽃 지는 소리
꽃잎 하나 앞섶에 날아와 앉네
네 소식인가 가슴 뜨거워
혼자 볼 붉는 허전한 봄밤!

네게 가는 길

눈발 성글게 날리는 저녁, 너와 걷던 강둑은 깊은 잠 들었다. 꽝꽝 언 강 쩌렁쩌렁 울며 깨진다. 나도 그때 금이 갔다. 혁명에 가슴 뜨거워 매몰차게 너는 떠났지. 꽃이 펴도 꽃이 져도 한숨이 샜다. 뽀얗던 내 젊음에 검버섯이 앉을 때, 너의 혁명도 풀죽어, 혼자 돌아왔다는 소식.

휑한 들판을 지키는 미루나무 빈 가지, 수십 년 걸쳐 몸피가 불었는데, 서산에 걸린 해 걸음을 재촉한다. 멀리 네 집 앞 단풍나무 짙은 그림자, 반짝 네 방에 불이 켜지고, 가슴이 방망이질한다.

불현듯 북풍이 폭설을 몰고 온다. 사방이 하얀 벽에 갇힌다. 네게 가는 길 간 데 없고, 히말라야 크레바스가 입을 벌린다. 두 발은 얼어붙어 꼼짝할 수 없다.

번번이 가다 마는 네게 가는 길!

목백합

올해도 목백합이 피었습니다. 첫 아이 탄생 기념, 당신이 심은 나무, 키가 지붕을 넘었습니다. 나무를 타고 신이 난 아이, 풍경을 완성합니다. 간장종지만 한 꽃 화려하지 않다고, 연둣빛 꽃술이 아이 눈썹 닮았다고. 당신은 목백합을 좋아했지요. 어제도 당신은 우리 마당에 서 있었죠. 번번이 목백합 묘목 하나, 천연하게 내밀었죠. 반가움에 덥석 받아 안지만 마땅히 심을 곳 어디에도 없었지요. 허둥지둥 애만 타다 깨지요.

꿈은 아나 봅니다. 내 가슴에나 뿌리내릴 저승의 목백합!

말채나무 가지마다

입춘이 언제였는데
봄눈이 꽃샘한다
이맘때면 반드시 눈이 온다고
예언처럼 말하곤 했지
언제였던가
그와 왔던 폐사지
오늘도 당간지주는 깊은 생각에 잠겼다
말채나무 고목의 평행한 그림자
두 그늘의 공모를 엿듣는다

폐사지 계단에 앉아
홀로 담배를 피운다
핑그르르 머릿속에 구름이 피어난다
내 말대로 눈이 오지?
눈송이 손에 받으며
빙긋 그가 다가온다

말채나무 검은 가지마다 연두 잎 터진다.

꽃잎을 삼키다

너와 커피 한 잔 나누지 못했다. 손 한 번 잡지도 못했다. 태어나지도 못한 태아, 그건 유산된 갈망일까? 앵앵 모기 같은 좀비일까? 그 봄날, 내 이별의 온도는 천 도, 눈치도 없는 네 손은 차디찼다. 찾는 이 없는 뜰, 이 봄도 홍매화 찾아와 아리까리 사랑을 앓는다.

봄을 보내기 싫어 꽃잎을 삼킨다. 심장에 꽃잎 박혀, 이 봄 옹글게 앓고 싶다.

조팝꽃

한 번도 마음을 발설한 적도, 그 속내를 물은 적도 없었다. 옷깃 한 번 닿을 염도 손 한 번 잡을 맘도 못 냈다. 가슴만 자글자글 먼 먼 그대, 백 세기 전 설화로 묻었다.

놀라워라, 이 봄 조팝꽃 폭죽으로 터졌네. 몇 세상 건너와 사랑을 선포하네!

폭죽

4월의 밭두렁 조팝나무, 조팝나무 네 이름은 배고픔의 산물이다. 목련보다 모란보다 네 앞에 서면 가슴 찡한 건, 이팝도 못 되고 조팝, 그 궁핍한 이름에 어둔 세월 서렸기에. 착하고 여린 것들의 가난과 추위를 대변하는 넋, 몇 만 와트 환한 빛으로 세상이 눈부시다!

톱밥 같은 혼도, 유효기간 지난 그리움도 네 발치 거름으로나 쏟아볼까? 다음 봄 조팝꽃 폭죽으로나 돌아오게?

오미자 맛

어제는 은하수가 서쪽으로 기울더니
앞마당 매화가 터졌다
네게 기별 띄우고 두견주 차린다
하얀 탁자 위 매화 가지는
너를 향해 기울었는데
기다려도 기다려도 오지 않는 너
술잔에 꽃잎 띄워 홀로 취한다
예보 없이 닥친 진눈깨비 같은 쓸쓸함도
이제 와 깊은 오미자 맛인 것을
술병 던지며 하현달에 배운다!

다비

먼 길을 왔다
어디까지 가야
우리 사랑의 풀밭을 만날까?
걸어들어 갈수록 얽힌 넝쿨 길
길은 번번이 어둔 숲으로 뻗었다
길 옆에 주저앉아
풀꽃에게 이별을 묻는다
그래도 아주 돌아서지 않은 것 같아
구름 위에 절이나 지어놓고
삼천배 올린다
한 얼굴 끝까지 품고 가려고

그날 유난히 노을 붉거든
삼만 일 삼천배에도
너와 못내 서운케 살다 간
한 목숨 다비인 줄 알게나!

솟아오르다

봄이 열린다
손등 위 푸른 정맥에 시냇물 흐른다
웅크렸던 이두근에 움이 트고
관절 마디마디 버들강아지 뾰얗다
산수유 꽃받침 찢고 어지럽게 터졌는데
진달래 개나리 목련 수선화
몰려올 꽃들에 속이 화해져
발정난 고양이 되어 가출하리라
겨드랑이 근질근질
곤줄박이 둥지 속 알들이 깨어난다

나는 봄의 화신
그대를 향해 솟아오른다

끝내버리자고

불을 왕창 땔 거야
따끈한 방바닥이 안아주겠지

텅 빈 버스가 서더군
4월이 색채를 잃더니
예보 없는 소나기가 쏟아졌어
몸이 덜덜 떨렸어
먹구름 하늘 때문에

끝내버리자고 끝내버리자고

불을 땔 거야
따끈한 방
한 십 년 깊은 잠 잘 거야

5부

등 밑으로 시냇물이 흘렀다

도원이 있다네

북에서 한 줄기 남에서 한 줄기, 두 강이 만나는 땅. 황포 돛대 강나루 건너 이모 고모 살았지. 검고 고운 흙, 농심이 절로 순하지. 고대광실 부자는 이야기 속에만, 모두가 평등한 일 부자지. 다섯 살 코흘리개, 꼬부랑 할머니도 밥값을 했지. 심지 않아도 열리는 개복숭아, 돌배나무, 벌레 먼저 먹이고, 과일 속 벌레는 과일의 일부라고 어둠 속에서 먹었지. 버리는 농산물로 가축들 무럭무럭. 덩치 큰 네 발 짐승 논밭과 바꾸고, 꿀꿀이는 잔칫날에 날짐승은 복날에 잡았지. 남정네 천렵은 애들보다 떠들썩, 아낙들 널뛰기와 그네 타기, 창포물에 머리 감는 큰애기 속살은 눈부셨지. 강 건너 수종사 종소리, 부처님 공덕으로 바위엄마, 개똥 아빠 얼굴 순하기만 하지. 온 동네가 유치원 마당이요, 산천이 울 없는 학교, 초목과 짐승이 산 교재지. 병원이나 은행은 먼 나라 이야기. 풀꽃 지듯 목숨 지고, 아기가 쑥쑥 태어나지. 가세가 똑같아 문 잠글 수고 없지. 하루 두어 번, 기차가 기적 울리고 사라지면 지도에서 사라지는 곳. 나만 아는 도원에는 복숭아꽃 살구꽃 지지 않지.

등 밑으로 시냇물이 흘렀다

그래 그때는 그랬다, 재미? 그건 외설이고 모독이었다. 세상이 고뇌란 건 대낮 같은 진리, 내 사계절은 민둥산, 풀 한 포기 자라지 않았다. 용케도 감춰진 한 송이 기억, 연탄 난로가 가장이던 단칸방, 쌩쌩 창밖 바람은 세한도를 그렸다. 오누이들 모여 앉아 연필을 깎았다. 깡통필통 속 가지런한 뾰족한 연필심은 우리의 말뚝, 난로 위 주전자 속에선 폭풍우가 일었다. 아랫목 살갑게 누운 오누이들, 등 밑으로 시냇물이 흘렀다. 바위 사이 갯버들엔 뽀얗게 봄이 폈다. 법관 천문학자 시인의 꿈이 민둥산에 만발했다. 산마다 진달래 피고 뻐꾸기가 찾아왔다. 그래 그때를 그렇게 이겼다.

숭고한

책을 읽다 "톨스토이의 숭고한 영혼"이란 대목에 걸려 넘어졌다. 단어 "숭고한"에 가슴이 찔렸다. 친정어머니를 석삼년 나 몰라라 배반한 듯, 아픈 절친을 외면하고 산 듯, 죄스러웠다. 한때 우뚝하고 고결한 뜻 흠모한 적 있었다. 얼마나 오래 잊고 산 어휘더냐! 세상의 온갖 번쩍이는 것, 경박하고 손쉬운 것, 안개 같은 것들 좇으며 희희낙락했다.

숭어 한 마리 헤엄쳐 온다. 가슴으로, 뇌로 쳐들어온다. 힘찬 꼬리지느러미, 온 정신을 휘젓는다. 부끄러워라 물고기만도 못한 영혼! 숭어 한 마리 나를 향해 헤엄쳐 온다. 물결 거슬러 힘차게 도약한다.

불꽃 깃발

우아한 웃음인 줄만 알았다 바보같이, 오늘 너는 깃발이다. 송이송이 어둠을 몰아내는 반역의 흰 깃발, 나아가자 목숨 있는 모든 것들! 이 봄날 네 함성으로 귀청이 얼얼하다. 네 향기 폐부를 찌르는 죽창 되어 움찔 나를 깨운다.

너는 또한 겨울을 건너온 뜨거운 불꽃, 매서운 바람 속 1,000℃의 열로 스스로를 벼린 꽃잎, 강철보다 단단하다. 가슴에 정조준돼 꽂히는 말, 꽃은 사랑의 선서, 잎은 사랑의 책임. 너는 가도 잊지 않으리, 내 불꽃 깃발 목련아!

대숲의 노래

금남로에 깃발이 휘날렸다. 프라하, 카라카스*에도 휘날렸다. 양곤에선 실황이다. 깃발들은 같은 운명을 타고 난다. 목련처럼 화사한 얼굴, 댓잎처럼 새파란 심장을 갖고 있다.

군인들이 게임하듯 발포한다. 총 쏘는 사냥개, 깃발이 봄비처럼 내린다. 목련꽃처럼 눕는다. 신음하는 꽃잎에서 단어들이 흘러나온다. 대열을 추스른 남은 깃발들, 부릅뜬 눈, 주먹 휘두르며 전진한다. 두 번째 포격, 깃발들이 고꾸라진다. 더러는 들었는가, 절뚝이며 골목으로 숨은 깃발들의 소식.

긴 침묵이 따른다. 몇 페이지 거짓 역사가 쓰여지리라.

봄마다 여기저기 죽순 솟는다. 모든 깃발은 예비된 대숲의 노래다.

* 베네수엘라의 수도.

문신

너 굴참나무로 우뚝했다. 둥치엔 세월이 새긴 숙연한 문신, 고통의 크기를 우러른다. 뭇 이파리 비린 암내 벗어 던지고 북극성을 향한 초록 합장, 너는 고고한 비구니였다. 비바람 버틴 풍성한 가지, 도토리가 계곡에 깔렸으니, 어린 다람쥐들 끄떡없이 월동하리라.

며칠 전 폭풍에 쓰러진 거대한 몸집, 멍석만 한 둘레의 원추형 뿌리가 감췄던 전모를 말해준다. 가을 햇살 아래 소멸을 받아 안고 편히 잠들었구나. 계곡을 헐고 물길마저 바뀌었다. 다람쥐 고라니 널 타고 넘나들리라. 밤마다 좇던 북극성, 그 별에서 너 푸른 춤 추고 있을까?

긴 날숨

안개가 지운 산
떡갈나무 신갈나무 상수리나무
잎 죄다 떨구고 목피 단단히 여몄다
나무의 정갈한 뼈 냄새
아무리 둥치 두드려도 잠깨지 않는다
대지를 건너가는 낙엽들
붉음을 움켜쥐었다
그늘 한 점 어리지 않은 숨결은 달차근하다
긴 날숨 하도 부드럽고 포근해
갈잎 한 아름 품어 왔다

갈잎 숨 따뜻하리라
오늘 밤 내 침상 언저리엔!

깊은 그늘

서로의 그늘로 깊어가던
고로쇠 사스레 구상나무
시린 뼈 들어내고 겨울잠 깊다
산새들은 돌아오지 않고
멧돼지가 분탕질하고 갔다

무서리 내리고 북풍이 닥치리라
바람도 적막 피해 곤두박질 달아난다
뚫고 갈 계절 구만리
봄은 태양의 궤도 건너 쪽에 걸려 있다

찾는 이 끊어져 허물어진
나의 묘는 이 겨울 버텨낼까?
눈 덮여 큰 산으로 편입될
소멸은 간단명료하구나

곧 눈이 오리라
건너 삼악산에 노을이 탄다

메뉴

전쟁 직후, 양색시가 던져준 무지갯빛 젤리와 초콜릿 맛에 영혼의 동정을 빼앗겼다. 열댓 살 되어선 넓고 화려한 거실에서 피아노 치는 또래의 금발 소녀, 건널 수 없는 간극에 며칠을 앓았다. 청년 땐, 식구마다 자가용 하나, 수영장 딸린 정원의 꿈 찾아가는 친구들, 내 갈등도 깊었다. 또박 또박 자기 의사 표현하는 서양 아이들, 어미가 되어선 실패한 육아법에 가슴이 저렸다. 더 이상 사랑하지 않아요, 아내의 고백에, 사랑의 이동 법칙 쿨하게 인정하는 영화 속 남자, 내 남자가 야만인 같았다.

이제야 사대주의 옷 벗는다. 부러운 것 아직 많지만, 나를 나이게 만든 것들, 추위와 옹색함과 갈망이 강한 나를 만든 메뉴였기에.

제4막

눈을 뜨면 이 세상이 아니었다
커튼이며 창틀이 녹아내렸다
심장은 늘어진 녹음테이프
창밖엔 피어나던 라일락이
4월의 우박에 자지러졌다

누군가의 실패한 생을 다시 사는가?
세상이 온통 음악이었던 한때
멀미하듯 돌아보는데
바싹 시든 프리지아 부케 들고
안개 속 너는 무대 뒤로 퇴장한다

커튼콜은 없다

6부

그 남자의 방

하느님의 품사

지구와 달
사과와 좁쌀
코로나 바이러스까지
동글동글

쌀도 밀가루도
흙 속 무와 연근도
서로를 향한 마음까지
새하얀

바다도 계곡도
잣나무 뿌리도
하늘을 향한 수많은 기도도
깊디깊은

곤줄박이 울음도 바람 타는 옥수수 잎도
명성도 욕심도
못다 이룬 꿈도
끝내 텅 빈
〉

둥근

하얀

깊은

빈

형용사인 하느님

입춘 지나

무상한 것들 아주 사라지지 않고, 어느 하늘가 응결되어 있다가, 입춘 지나 몸 풀었다. 예고 없이 함박눈 되어 흩날린다. 세상이 열리던 날, 침묵이 저리 아득했을까? 사륵사륵, 은자의 산골짜기 저리 깊을까? 무채색 전설로 고향은 저만큼 먼데, 가슴 저미는 그리움, 사륵사륵 나목들에 백매화 느닷없다. 꽃샘하는 눈, 눈물이 글썽인다.

벚꽃에게 묻다

우리는 핀 영혼이죠. 영혼 자체, 구름의 유전자를 받았죠. 날아갈 듯 환하죠. 기쁜 영혼, 노래하는 영혼, 실시간 행복을 방출하죠. 사라지나 사라지지 않는 넋, 우리를 기억하는 넋에 분홍 물 살짝. 또 봐요 지는 꽃잎 언약은 부도가 없죠.

한숨 쉬지 마세요. 세월을 재지 마세요. 단명함이 미의 비결, 이건 좀처럼 발설하지 않아요. 나흘 뒤 떠날 때도 축제랍니다. 우릴 배워요. 가지에 신실한 점 하나 남기세요. 밤마다 별빛 아래 꿈꾸다 보면, 남긴 점마다 버찌가 날아와 익는 신비. 못난 찌르레기에게 먹일 거예요. 가슴살 올라 노래할 때, 졸던 잎 살랑살랑 푸른 춤 일어서요. 한숨 쉬지 마세요. 우릴 배워요.

첫 키스

첫 경험이었다
핑그르르 소파에 쓰러졌다
라디오에선 하이든의 종달새
백배로 증폭되어 현악기들 떨린다
가슴이 파열할 듯 화한 벚꽃 덩이
온몸이 해체된다
눈물마저 민트 맛!

술과의 첫 키스
논개처럼 손깍지 끼고 너와 낙화해도 좋겠다
이렇게 화사하면 천길 절벽이라도!

눈밭을 꿈꾸다

벽돌과 시멘트의 도시 지겹지 않니? 휘황한 불빛이 밤을 살해하는 곳, 공기는 숨 막히고 시장엔 먹을 게 넘쳐도 허기지는 곳. 꼭지 무른 호박처럼 영혼들 썩어가지. 탈출하자 순백의 나라 북극으로. 공기마저 쩌렁, 정수리 번쩍 깨어날 거야. 가없이 외로운 눈밭, 간만의 영감이 꽂힐 거야. 늑대의 울음마저 신성하리. 오리지널 은하수는 얼마나 황홀할까? 다 같이 없음으로 부유한 곳, 달빛은 우릴 다정히 감싸주겠지? 가자, 추울수록 정신이 빛나는 나라.

추위 견딘 우리 사랑, 뽀얀 버들빛 다시 찾을 거야. 벌써 들리네, 따뜻한 이글루 찻물 끓는 소리!

어룽지다

사막에 산다
사랑은 비 소식처럼 멀다
모래 언덕 수려한 비단 무늬
달빛 아래 환장하게 아름다워
가시 돋친 선인장으로 뿌리내린다
이따금 이빨 앙상한 미라도 발견된다
죽어도 죽지 못하는 주검
모래가 부드럽게 보듬는다
아득한 지평선
신기루에 어룽지는 욕망이 열적다

사막엔 서사가 없다

그 남자의 방

청동 소녀상이 고개를 떨군다. 꽃병 속 마른 찔레 열매 뚝뚝 떨어진다. 액자 속 젊은 여자 생강꽃 같은 미소가 곱다. 그의 그림 속 맨드라미가 검붉게 시들고. 꽃 대궁에 걸린 구름 한 조각. 모퉁이가 해진 붉은 양탄자 위로 햇빛은 야박하다. 연신 피우는 담배 연기, 남자가 책상에 얼굴을 묻자 지던 해 금시 떨어진다. 젊은 날 홈런 날리던 먼지 낀 배트엔 박제된 함성, 낡은 턴테이블에선 장송곡 풍의 말러*가 끝없이 돈다. 그의 굽은 등이 더 굽는다. 여자는 보이지 않는다.

* 구스타프 말러. 오스트리아의 작곡가.

꽃병이 있는 풍경

이스탄불 중세의 하렘
속눈썹 짙은 여인의 소유였을까
내 가난한 방에 어울리지 않는
칠보 꽃병 먼지에 쌓인 채
아라베스크 무늬가 애잔하다

여행지 벼룩시장에서 납치되어 온
하렘의 영화는 슬프다
밑바닥 균열이 안타깝다
재스민 장미 푸른 수국
모두가 지나간 꿈

늦가을 산책길에서 데려온
마른 열매들
깨진 꽃병이 반색한다
등 굽어 죽은 소철 가지에 기대
찔레 열매 빨간 은하수구나
주둥이 언저리에 상수리 갈잎 하나
쥐똥나무 까만 열매 꽃병을 완성한다
〉

하렘 떠난 여인처럼 깊어간다
녹슨 꽃병 인생

날강도

점심 먹고 하릴없어 책상 위치 바꾸려다
접이식 테이블이
와장창 다탁의 유리를 덮친다

불운은 언제나 예약이 없다
팽팽한 만유인력 완벽하던 일상이
순간에 산산조각
재앙은 일방통행 날강도다

전광석화
불운의 법칙에 심장이 마비된다

성업 중이다

오늘도 왕비가 사인교를 보냈다. 민자영*은 나 진령군**의 으뜸 신도. 동쪽 적을 내칠지 북쪽 적을 내칠지 정사는 내 점괘로 결정된다. 세자가 아프다니 굿판을 명하자. 10대 사찰로 할까, 50대 사찰로 할까? 사찰마다 비단으로 감싸라 할까?

점괘가 불길했다. 아리따운 조선 땅에 사방 늑대들이 으르렁댄다. 동쪽 늑대와 손잡으라 일렀건만 북쪽 늑대를 고집하더니, 민자영 볼 날도 길지 않구나.

아직도 성업 중이다. 선거철 되면 줄 서는 나리들. 일급 비밀, 그들은 죄다 사기꾼이다. 어제는 한 남자 손바닥에 임금 王자 써주었다. 복채 한 번 두둑했다.

* 명성왕후 본명.

** 명성왕후가 무녀에게 내린 벼슬.

골든 리트리버*

젊은 여자가 공을 던지면 강아지는 잽싸게 달려가 공을 문다. 프로 야구 선수보다 솜씨 좋다. 여자는 강아지의 홈베이스, 여자에게 전력 질주한다. 여자는 충성심을 시험하는 걸까? 강아지는 열 번 스무 번 공을 물어다 바친다. 꾀부릴 줄 모른다. 회의할 줄 모른다. 지친 얼굴에 자긍이 넘친다. 종일이라도 평생이라도 그 짓 멈추지 않을 것이다. 죽어야 충성을 버릴 것이다.

골드면 다이아몬드면 뭐하랴. 평생 헐떡헐떡, 보이지 않는 손이 밥그릇 던진다.

* 주인의 사냥감을 잘 물어오는 사냥개.

향기도 번뇌였나

탁구공만 한 알뿌리가
그리 탐스런 꽃숭어리 올렸는지
벌 나비 혼절시킬 듯
그리 깊은 향 품었는지
꽃 무게 못 이겨 허리 굽은 히아신스
한 주일 출창 향기 쏟다가
기다리던 벌 한 마리 못 만난 채
밤사이 허리 폈네

향기도 무거운 번뇌였나
오늘 아침 머리 깎고
입산하는 히아신스
비구니 하나 나풀나풀 걸어가네

처서

어떤 폭력배보다 잔인했다. 뜨거운 태양은 거리의 노동자들 쓰러뜨렸다, 유난히도 많았다, 보도 위엔 지렁이들 질펀한 주검. 사람도 벌레도 희생은 약자의 몫. 독사 같은 여름이 세 차례 항복하고 달아났다 이 악물고 견딘 생명들, 박수로 자축한다. 한 살 승진할 자격 무사히 따냈다.

태양이 한 눈금 기운다. 방충망 위 나방 겹눈이 내 거실 염탐한다. 나방아 서둘러라. 남녘 태풍이 올라온단다. 날개 접고 숨을 피난처 어서 어서 찾아라.

태풍 뚫고 어디쯤 오시려나, 가을 공자 내 서늘한 님은?

춘천항

사람들이 춘천항으로 모여든다
일찍이 원산항 흥남항 떠나온 사람들
흘러와 붙박은 땅이다
끼룩끼룩 갈매기 선회하는
물 건너 경치는 서럽도록 아름답다
노래하다 성대가 갈라진 사람
공 차다 아킬레스건 끊어진 사람
혹여 몹쓸 병 걸린 사람
춘천은 품이 넓다
선착장 옆 잔디밭엔
화장 짙은 여자 어깨 들썩여 울다가
반짝이는 물결의 위안
눈물 닦고 스르르 일어선다

모퉁이마다 이모 집 할머니 집 기다리는 곳
잘난 사람 말고 여리고 슬픈 가슴들만 모여 온다
뚜우우 뱃고동 소리 어서 오라 부른다

춘천은 항구다!

빈집

운길산 수종사 오르는 초입, 빈집 한 채 덩그마니 죽어 있다. 대문도 담장도 없다. 안방엔 쩍쩍 금 간 포마이카 옷장, 떨어진 문짝이 외설스럽다. 쥐들과 거미의 호화 맨션, 마당 한쪽 단풍나무 아래 녹슨 펌프는 내장이 말짱하다. 용케 마중물도 한 통, 홑이불만 한 마당엔 민들레 씀바귀 쑥부쟁이, 잡꽃들의 낙원이다. 저만치 보리밭 모퉁이, 조근조근 목소리, 이마가 희푸른 두 비구니가 성큼성큼 들어온다. 윤사월 한낮, 절에 오르기 전 쉼터인 듯. 세수하고 손수건 빨고 까르르 웃는다. 죽었던 집이 다시 산다. 마중물 통 채우고 스님들 떠난다. 어디서 날아든 참새들, 목욕을 즐기다 간다. 샘물 감춘 빈집, 어디서 더덕 향기 아찔하다.

뒤란에 펌프 하나 갖고 싶다.

포장마차

천막 사이로 새어드는 바람이 매섭다. 희미한 카바이드 불이 위태롭다. 카우보이모자를 눌러 쓴 후줄근한 사내, 소주잔을 기울인다. 구수한 어묵이 졸고 있는데 사내는 황금을 캐러 떠난다. 늙어 꺼칠한 말 두 필이 끄는 포장마차엔 들뜬 세 아이, 아내 배 속에 또 한 아이가 들어 있다. 허리춤에 콜트 리볼버, 사내에겐 하느님보다 든든하다. 탁자 건너편에 고개 꺾고 술 마시는 또 다른 남자. 남자들은 슬픈 남자 아니면 돈키호테다. 카우보이모자가 세 번째 소주병을 딴다. 누운 술병마다 황야의 별빛이 휘황하다. 갑자기 계곡에서 와와 인디안들 급습해 온다. 탕탕 잽싼 리볼버 몇 방에 화살 족들 맥 못 추고 도망간다. 상스런 욕을 입에 단 두 남자, 혀 꼬부라진 목소리로 들어오며 독주를 찾는다. 취기가 행복으로 들어가는 티켓이라 믿는 족속들. 카우보이모자는 황야의 모험이 불안해 연신 들이켠다. 배고파 보채는 아이들, 빵도 물도 구할 곳이 안 보인다. 아주머니가 어묵 솥을 박박 긁어 인심 쓴다. 눈치 없는 사내들, 깡소주 한 병씩 더 따고, 아주머니 성화에 쫓겨난다. 가도 가도 사막에 뽀얀 먼지, 황금 광맥은 낌새도 없다 가족들 뉘일 통나무 오두막은 어디쯤일까? 비틀비틀 럼주를 파는 금발의 아가씨 찾아간다. 일터를 잃은 사내 서부로 간다. 마차가 달려간다.

썩을 놈들

우리는 오늘도 구시렁댄다. 우릴 보면 눈살 찌푸리는데, 우리는 너희의 자비로운 장의사, 모두가 외면하는 주검을 도맡는다. 개미부터 코끼리까지 우리가 아니면 썩은 내 주검들 어쩔 건데? 보라! 우리들 온 데 없이 사체 위에 스민다. 다정히 키스하고 마사지도 정성껏. 굳은 살 부드럽게 녹여 향기로운 흙으로 돌려보낸다. 우리는 자선가, 노임을 요구하지도 않는다. 썩을 놈들! 진작 너희가 먹어 쌀 욕이다. 나비도 나방도 헷갈리는 놈들아! 고속의 완벽한 부패 전문가, 우리는 상서로운 곰팡이, 시바신이다!

봄날이 퇴각한다

사방이 피바다다
붉은 화염 무섭게 타오른다
하루 30킬로미터 북으로 퇴각하며
핏빛 꽃밭 남긴다
요란한 총소리 대포 소리
고아가 된 꽃들이 울며 흩어진다
마을에선 밥 짓는 연기 끊겼고
헤로인에 취한 꽃들 몽환에 젖는다
전투 잦아들자
숲 속 뻐꾸기 노래 돌아온다

초록 물감 살포하며
무서운 기세로 여름 트럭 들어온다

7부

스미다

야생마

거부하라 다정한 척 쓰다듬는 빗질을, 간파하라 한 바가지 당근 뒤의 계략을, 끽해야 왕을 위한 전장의 화살받이 또는 경마장 야바위꾼들의 박수받이, 도망가라 코뚜레 꿰려는 놈 박차고, 거친 풀 뜯더라도 구름을 희롱하며 초원을 내달려라. 너는 바람의 영혼. 왕궁의 울타리는 죽음의 경계, 제왕의 정원 속 몽롱한 장미마저 탈출을 꿈꾼다. 부당한 채찍일랑 길길이 박차라.

네 달리는 등 번개 같은 활시위이고 싶다. 잊힌 생각 날카롭게 일깨우는 언어, 그의 문설주에 깊이 꽂혀 파르르 떨고 싶다.

독자 족

시인의 아픔을 빨아먹고 산다
실연과 실족, 아프지 않은 시인은 제명시킨다
그들의 쓴 담즙을 먹고 사는 흡충이다
마지막 한 개비 담배를 물고 죽어가거나
단말마 지르고 쓰러지는 글쟁이
그들의 고통이 전설적일수록
시의 등급을 올려주고
그가 남긴 시구절도 마법의 장미로 승격된다

관음증 환자 지독한 사디스트
독자들이 제단을 쌓는다는 풍문도 들린다
인신 공양물로 시인들을 바치려 한다는!

이교도의 신

암자를 지었다
70년이 좋이 걸렸건만
단청과 벽화는 손도 못 댔다

한나절을 식식거려 오르는
깎아지른 바위 사이
제비집 같은 암자를 지었다
대웅전도 요사채도 따로 없고
부처님도 문수 보현 관음도 없다
석탑과 종루만 겨우 앉혔다
발아래 하늘빛 닮은
허리띠 같은 강이 흐른다

너는 이교도의 신
언어로 빚은 떡과 술을 밝히는 네게
공양물 마뜩찮아
삼천배로 때운다

탑돌이는 않고 희롱만 하다 가는 구름

목어가 천지간에 울어대는 곳
세상 밖 외진 너를 모시며
오늘도 가슴에 꽂힐 단어만 기다린다

집 짓기

집을 짓는다. 벽돌을 점검한다. 창틀을 점검한다. 남이 한 번도 쓰지 않은 자재, 남이 쓰다 버리지 않은 자재, 내가 굽고 대패질한 재료로만 지어야 한다. 유행 지난 재료 마지못하면 조합이라도 새롭게. 지붕 물매, 창문 모양, 굴뚝도 특별나야 하는데, 멋진 디자인은 이미 전매특허 맡아놨다.

나만의 벽돌집을 짓는다. 큼직한 창문으로 환한 햇볕, 누구나 쉬다 가고 싶은, 상큼한 시 한 채 짓는다. 매일 지었다 부쉈다를 반복한다. 오늘도 도면을 열두 번 고치고, 격자 창문, 아亞자 팔각창문을 달았다 떼었다 한다. 꼭 맞는 문고리도 찾아 헤맨다.

글썽이다

다리 하나 없는 아이, 없는 다리에 글썽인다. 주정뱅이 남자, 가출한 아내에 글썽인다. 챔피언 타이틀 거머쥔 권투선수, 주먹에 글썽인다. 가수는 기립 박수에 글썽이고, 권력자는 돈에 글썽인다. 손녀의 내민 손이 글썽이고 민들레 씨 정처 없는 아비가 글썽인다.

내 가슴 슬픔의 항아리 오래전 가득 찼다. 글썽이는 슬픔이 술이 되었다. 술 앞에선 행복한 영혼마저 글썽인다.

옭히다

첫 남자 그의 눈부처
가슴 떨려 마주하지 못했다
눈길 비껴 눈썹이나 훔쳐봤다
투쟁과 혁명의 의지 꿈틀대던 눈썹
투쟁은 내게 철없는 낭만이었지만
그의 눈썹 올가미에 옭혔다
뜨거운 불덩이 가슴을 데었다
그의 뜨거운 눈길 내게 돌리리라
투쟁을 헤살 놓으며 애가 탔지만
불발의 사랑

반세기 걸려 눈썹 올가미 벗었어도
가슴속 화상 자국 뜬금없이 쑤신다

버린다 버린다 버린다

책을 버린다. 코트를 스커트를 버린다. 운동화와 모자, 고집스런 습관과 원칙 버린다. 솥과 냄비, 미래의 약속도 버린다. 오래 갇혔던 일기와 편지, 주인이 두 번 바뀐 집 매매 문서, 폐기된 통장, 그의 무슨 무슨 수여증, 무슨 무슨 감사패, 골치 아픈 빚 문서처럼 버린다. 모든 기억 모든 부채 모든 후회, 썩은 양파처럼 버린다 버린다 버린다. 뱃속 하이에나 속죄하듯 울어댄다.

겨드랑이 깃털이 돋으리라. 먼 길 떠나는 날!

깎다

하는 수 없어. 기를 쓰고 깎아야지, 깎기는 예술이야. 필통에 가지런히 깎인 연필, 그 덕에 아직까지 웬만하게 살지. 잔디 깎기는 아무나 하나? 고급진 오락쯤으로 생각해야지. 데이트 땐 최신 스타일로 머리 깎고, 경쟁자의 평판은 칭찬인 척 깎아야지. 좌판에 할머니 몇 알 감자도 야비하게 깎고, 감자 눈에 독은 후벼 후벼 깎으라고! 밤에 손톱 발톱 깎으면 뱀이 나온대. 말뚝을 깎을 땐 깍꿔를 맘껏 휘둘러. 집을 살 땐 거간꾼 매수해 깎고 또 깎어!

깎기 기술 다듬어 울산 바위 깎을 거야. 네 미소 설악골에 번질 거야!

흔들다

바람이 벚꽃을 흔든다. 가슴 철렁한 벚꽃 직박구리 날개 흔든다. 직박구리 회색 깃털 뭉게구름 흔들어 새털구름 펀다. 뭉게구름 어제의 산자락 그늘을 흔든다. 어제의 산자락 그늘, 오늘의 태양을 흔들고, 오늘의 태양이 산 뒤로 숨으며 상기된 노을을 흔든다. 노을은 수줍은 달 흔든다. 달은 추억을, 추억은 떠나버린 네 뒷모습을 흔든다. 네 뒷모습은 봉인된 눈부처를 흔든다. 지워지지 않는 눈부처, 공지천에 거꾸로 박혀 바람에 흔들린다. 흔들리고 흔들려 해체된 너는 하늘빛 닮아 바다로 간다.

스미다

이슬방울 풀잎에 스민다. 싱그럽게 일어선 풀 향기 대기에 스민다. 오월의 아카시아, 꿀벌의 더듬이로 환장하게 스민다. 따스한 바다 북반구 하늘로 달려가 회오리쳐 스민다. 무엇이 스며 흰 구름이 되었을까? 구름은 또 무엇에 스미려 달려갈까? 뿌리가 마신 물 강물로 스미고 강물은 딴청 않고 바다로 스민다. 모란꽃 내년에 다시 피려 제 뿌리로 스민다. 내 근심은 어디로 스밀까? 그.립.다. 세 글자 서로 스며 사랑을 장전한 편지가 된다.

너무 멀리 있어 네 가슴팍에 스미지 못하는, 이 우울은 또 어디서 스몄나?

감추다

일곱 살 때 알았다. 30점 받은 시험지, 언니에게 종아리 맞고, 그런 건 냉큼 감춰야 한다는 걸. 공기놀이 고무줄놀이 구경만 한 건, 열등감을 감추려는 계산이었다. 철드는 건 감출 것과 아닌 것을 구별하는 눈치. 너와 별반 다르지 않다고, 날 떠나지 말라고, 열심히 열심히 감추며 살았다. 욕심도 질투심도 미소 속에 감추고 복수의 칼도 악수 속에 감췄다. 부부 사이, 감출 것 감추지 못해 싸움 잦았다. 자식의 결혼과 취업도 감추는 게 예의인 시대. 너로 인한 아픔마저 숨길 땐 너는 천만리 타인이었다. 진짜 내 모습 나도 모른다. 감추고 감춰 내 얼굴 잊어먹었다.

빨아먹다

자궁 속 어미를 빨아먹었다. 젖과 사랑 빨아먹고 비오리처럼 자랐다. 단 말만 빨아먹고 쓴 말은 뱉었다. 복사꽃을 빨아먹고 붉어진 마음 위태했지만, 돌과 달을 빨아들여 달나라 돌탑을 세웠다. 무서운 속도로 뇌수까지 빨아먹었지만, 두 가슴 어두운 동굴만 남았다. 식욕 좋게 닥치는 대로 빨아먹었다. 안개가 되기 위해, 더러는 둥근 달무리도 졌던가? 흡충으로 살다 흡충으로 가는 운명. 이제 떠도는 낱말 빨아들여 낮은 노래나 부르리니!

발문

한 여인이 즐거운 마녀가 될 때까지

전윤호(시인)

본인이 밝힌 약력에 의하면 명문 대학을 졸업하고 퇴직할 때까지 교사로 살았다. 본시 약력이라는 것이 어떤 이는 감정을 많이 갈아 넣어 오만 가지 감상을 강요하지만 이렇게 간단한 모습만 보여주는 건 '궁금하면 시를 봐라' 같은 약간은 팔짱 낀 모습 같다.

아무튼 많은 세월을 견디며 이제는 거울 앞에 선 이 단정한 여인이 스스로를 즐거운 마녀라고 하는 것은 어떤 연유일까?

두더지 고개 내밀면 잽싸게 망치로 때리는 게임. / 우리 세대 교육은 딱 그 식이었다. / 고만고만한 생각의 상자에서 나온 시가 높이 뛰지 못했다. / 뒤늦게 상자를 부수고 나왔다. / 시에 불온과 반항을 섞었다. / 시가 적어도 내게 웃음을 줬다.

—「시인의 말」 부분

본인 자체가 우리 교육의 현장에서 평생을 봉직한 교육자이지만 우리 교육에 관한 단상은 그저 두더지 게임이었다고 한다. 천편일률적인 고만고만한 상자를 만드는 교육에서 좋은 시가 나올 리가 만무하다. 그래서 그는 마녀가 되기로 결심한 것일까?

감쪽같이 세상을 속였지. 하긴 나도 내게 속았어. 착한 딸, 착한 딸, 큰 마녀의 주문에 걸렸지. 날 배반한 녀석들, 그때마다 석 달은 신열을 앓았는데, 바보야, 복수는 달콤해, 불쑥 내 늑골 속 마녀가 속삭였지. 황당한 내게 한 아름 독초를 내미는 손이 섹시했어. 냄비에 넣고 끓이라고, 술에 타 먹이라고! 깨달음이 뇌에 번개쳤어. 그 후 밤마다 동네에 변사체 하나 실려 나갔어. 뉴스는 해괴하지만 누구 소행인지 아무도 모른다네. 이후 독초가 밀거래되고 동네 마녀들 연대가 암약 중이지. 이제는 밤마다 마녀들 모여 춤판 벌이지. 낮이면 멀쩡한 얼굴로 세상을 속이지만!

—「마녀와 함께 춤을」 전문

이 시에 그 이유가 보인다. 착한 딸, 착한 딸. 큰 마녀가 그녀에게 저주 같은 주문을 걸었다. 허구한 날 사람들에게 배반당해도 그저 착한 딸이 되라고 가르친 사람들이 바로 '큰 마녀'였다고 깨닫는 순간이 그에게는 번개 치는 순간이 아니었을까 싶다.

그래서 그는 그동안 자신을 속여온 세상에 복수하기로 마음먹은 것이다. 독초를 먹고 독이 되고 스스로 독을 만들어 위선자들에게 반격을 시작했다. 솜씨가 좋아 세상은 누가 범인인지도 모르고 이제 그는 다른 마녀들과 모임을 만들어 즐겁게 춤판을 벌이며 살아가는 중이다.

그럼 왜, 어떻게 그는 세상을 살아온 걸까. 그 원인을 찾기 위해 또 다른 시를 찾아본다.

기억에 없는 아버지를 우뚝한 거인으로 그리워했다
홀어머니 애비 없는 딸들과 죄인으로 살았다
노래도 웃음도 없는 집은 해도 비껴가는 감방
수인의 혼에 새들의 노래만 스몄다
—「자화상」 부분

너는 어둔 물의 자식. 빛과 물을 빚어야 꽃빛 고운데, 볕들지 않는 창가, 보랏빛 얼굴 어두워진다. 종일 구름에게 물어봐도 네게만 야박한 햇빛 알 수 없다. 바람이 흩뜨리는 리듬에 몰입하지만 무너지는 시간의 모래만 쓸릴 뿐. 자고 나면 검버섯 짙어진다. 외로움이 엉겨 어제는 수액이 돌지 않았다. 꽃송이 기절해 모가지 떨구었다. 검은 얼굴 들지 못해 신음만 한다.

날 위해 기도한다. 수국이 수국인 동안 지게 하소서.

—「검은 수국」 전문

더럽혀진 적 없는 하늘과 뭉게구름, 행복하기 충분했다. 감자꽃은 따줄수록 잘 안는다고 엄마는 말리지 않으셨다. 팔뚝만큼 굵은 팟대 꺾어 대궁 위 붕붕대는 벌 잡았다. 얼굴 뽀얀 서울 학생, 귀성하면 동네 애들이 졸졸 따랐다. 사랑은 소설 속 주인공에게나 있는 줄 알았던, 대학생 내게 첫 남자의 고백에 갑자기 사물들이 반짝였다. 한 번 언약은 혀 깨물고라도 지키는 줄로만, 무너진 행복의 기대에도 저버리지 않았다. 혼인은 시험 없는 통과의례, 평생 걸린 성인식은 소태맛이었다. 얼기설기 거미줄에 갇힌 구렁텅이, 악어가 입 벌리고 위협했다. 새끼들만은 살을 베어라도 먹여 키웠다. 어미 된 영광은 헛그림자, 새끼 앞에선 만년 빚쟁이였다. 미운 정 열 섬 고운 정 한 말, 그 남자 먼저 가버리니 닭 쫓던 개처럼 하늘만 쳐다봤다. 열 번 다시 살아도 못 고쳐 살, 내 못난 품새만 자탄한다. 하루 분의 양식과 하루 분의 건강, 곡간 속 쥐처럼 불안하다. 객지에 나간 손주들 소식 괜한 기다림, 오늘도 열적은 황혼으로 탄다.

—「초미니 역사」 전문

그의 삶을 들여다보면 기둥이 될 남성이 부재하다는 것을 알게 된다. 여자가 살림을 꾸리기 어려운 것이 그가 살아온 세상의 모습이다. 그저 눈앞의 생활을 책임지기 위해 팔을 걷어붙이고 나서는 여자는 강해야 했고 그런 강인함 속에 마녀가 깃들여 있다는 것을 뒤늦게 자각했던 것은 아닐까?

아무튼 그녀는 이제 더 이상 참지 않는다.

마녀 연대에 가입했다. 팔목의 동맥을 끊어 선서했다. 피의 글라스 높이 들고 축하연을 벌였다. 마녀들의 화려한 대화, 어깨가 우쭐우쭐. 어젯밤엔 탈세자들 금고를 털었다네. 150억 7천만 원 빼앗고, 강변 으리으리한 집에 불질러, 78채 완전 연소, 오늘 밤엔 성폭행 수놈들 손봐주기, 페인트 통째로 뒤집어씌우기, 가슴에 식도로 금 긋기, 혼쭐낼 방법이 성에 안 차, 번쩍 손들었다. 빨간 매니큐어 긴 손톱으로 놈들의 눈깔 확 빼버려요. 거기다 무고죄 덮어씌운 놈들 뎅겅 목을 베어요. 와와 만장일치. 나는야 천재 마녀!

—「마녀 연대」 부분

그녀는 이제 “BMW 안에 뱀을 집어넣고 / 변전기를 건드려 동네를 까맣게 지”(「토닥이다」)우고 “내 이름은 루사였던가, 매미였던가? 알몸으로 뛰쳐나간다. 나는 파괴의 여신. 지붕 날리고 가로수 부러뜨린다.” 마침내 “가슴이 뻥 뚫린다.”(「시치미 떼다」) 그러면서 그는 자신을 바라본다.

“4월의 달 같던 얼굴 어디 가고, 여자의 눈에 잉걸불 탄다. 부르르 떠는 눈썹 칼, 달밤이면 칼 우는 소리”(「눈썹 칼」).

어쩌면 이제 그는 정박 중이다. 폭풍 가득한 바다를 건너와 춘천의 호수가 내려다보이는 아파트에서 평생 수집하고 그린 그림들과 조각들로 스스로를 위로하는 중이다. 자식들은 다 컸고 그에게 짐을 지우던 모든 의무들로부터 해방되었다.

그런데 생각해보면 높은 창을 가진 아파트에 혼자 사는 저 나이든 여성은 한때 세상을 광기로 물들였던 마녀 사냥 속의 마녀를 연상케 한다. 중세 유럽의 성직자들과 귀족들은 혼자 사는 여인들의 재산을 탐내어 그들을 마녀로 몰아 죽였다. 그들이 노린 여성은 혼자 살며 이웃과 잘 어울리지 못하는 부유한 자들이었다. 그런데 그의 시에도 나오지만 세상은 언제나 부당한 이유로 그를 괴롭힌다. 그리고 그 이유 속에는 검은 속셈이 숨어 있다. 그러므로 그의 정박은 정박이 아니다. 눈은 평온한 호수를 바라보고 있지만 가슴속엔 세상을 뒤엎을 듯이 밀려오는 태풍이 부는 것이다.

센 동물은 등장하는 법이 없다
호랑이나 사자는 그림자도 없고
언제나 적수는 닭이나 고양이
내 본성이 치사한가 보다
나를 위협하는 여린 놈들과의 싸움
맨손 맨 손가락
목 조르고 눈알을 빼고 아가리를 찢어
놈들을 기어코 죽여야 산다는데
광적인 테러
깨어 섬찟하다

살아남는다는 것은
내 안에 잔인한 괴물을 키우는 것일까
우아한 척 연기하는

하루가 서글프다
온 생이 어둡다
—「괴물」 전문

자신의 미래를 알 수 있다면 행복할까? 그런데 그렇지도 않을 것 같다. 이미 다 읽어버린 이야기가 무슨 재미가 있겠는가. 그러면 정신없이 밀어닥치는 시련 속에서 평생을 허덕이다가 지나간 뒤에 지친 눈으로 되돌아보니 지나온 날들이 참 허망하다고 생각하는 건 어떨까?

그가 슬픈 것은 그를 위협하는 적들이 여린 놈들이라는 것을 알기 때문이다. 그것을 알기까지 평생이 걸렸을 것이다. 자신 안에 괴물을 키우고 자신이 괴물이 되는 것은 슬프지 않다. 왜냐하면 세상의 적들이 여린 것들이니까.

그의 슬픔이 잘 드러낸 시를 읽는다.

어제는 은하수가 서쪽으로 기울더니
앞마당 매화가 터졌다
네게 기별 띄우고 두견주 차린다
하얀 탁자 위 매화 가지는
너를 향해 기울었는데
기다려도 기다려도 오지 않는 너

술잔에 꽃잎 띄워 홀로 취한다
예보 없이 닥친 진눈깨비 같은 쓸쓸함도
이제 와 깊은 오미자 맛인 것을
술병 던지며 하현달에 배운다!
—「오미자 맛」 전문

그는 정박 중이지만 항해 중이다. 자신이 건너온 바다를 되짚어 파도를 기록하고 있다. 춘천에는 마녀가 산다. 커다란 냄비에 독충과 분노를 넣고 종일 끓여대는 마녀가 산다. 그 냄비에서 무엇이 나올지는 아직 알 수 없지만 짐작하기에 만만하지는 않을 것이다. 왜냐하면 그는 산전수전을 다 겪은 백전노장이기 때문이다.

평생을 전력을 다해 살아온 사람이 자신을 마녀라 부를 때, 함께 춤을 추자고 손을 내밀 때, 우리는 경건해야 한다. 세상은 아직도 두더지 게임 같고 우리는 두드려 맞으며 사는 두더지이기 때문이다. 끝

달아실기획시집 21

마녀와 함께 춤을

1판 1쇄 발행	2022년 8월 30일
지은이	권태완
발행인	윤미소
발행처	(주)달아실출판사
책임편집	박제영
디자인	전형근
법률자문	김용진
주소	강원도 춘천시 춘천로 257, 2층
전화	033-241-7661
팩스	033-241-7662
이메일	dalasilmoongo@naver.com
출판등록	2016년 12월 30일 제494호

ISBN: 979-11-91668-48-3 03810

* 이 책은 강원도, 강원문화재단 후원으로 제작되었습니다.